そして秋

葛西美津子

青磁社

真白な花の中から昼寝覚

耀

そして秋＊目次

序句　長谷川　櫂　1

木の花は　7
そして秋　41
水出しの　71
呼びにきて　99
一棹で　121

あとがき　149

季語索引　150
初句索引　164

句集　そして秋

木の花は

木の花は高きに風はかぐはしく
やはらかに吹かれゐるもの皆若葉

更衣いつも会ふ人けさもまた
ひと雫あとは静寂の新茶かな

白き花ひとつ伝ひて滴れる
ひなげしやひとつが歌ひ出せば皆

花ひとつつけし茄子苗選びけり

葉の嵩は食ふも食うたり柏餅

踊子草花の輪のまだとのはず

牡丹や揺れてゆゆしき花の数

芍薬のつんつるてんの蕾かな

煮さまして蕗の翡翠のしづかかな

鉄砲百合開かんとするたたずまひ

鮎食うて明日はさらに山の奥

眼また赤き血潮や袋角

夏の蝶舞ひ戻り来る大樹かな

落し文みづみづしきを拾ひけり

途中まで巻いて捨てしか落し文

溝浚へ溝に梯子の降ろさるる

いつの日か田舎暮らしや豆の飯

父母の写真が故郷花うつぎ

夏茱萸をつまみいよいよ遠き道

寝に帰るかはほり一つ明易き

短夜やまるめし反古の紙ひらく

先客の青大将と五合庵

すつぽんは泥に沈みて梅雨の月

河骨の花照らし合ふ闇夜かな

ごみ箱で嘴ぬぐふ梅雨鴉

皮脱ぎて月に濡れたり今年竹

軽鳬の子のとつて返しぬ親のもと

穴子煮る青山椒をひとつかみ

焼穴子ざくざく切つて飯の上

二階より海を眺めん穴子飯

さびしさの顔寄せてくる金魚かな

恋一つ冷やしてありぬ葛ざくら

水虫やすこし愛して愛されて

万緑を切り出したる硯かな

汗の子を丸ごと洗ふ盥かな

水の輪と遊んでをりぬ雨ん坊

太りゆく実の透けてをり袋掛

夕暮にまた捥ぎにくるトマトかな

死の蟻を引きずつてゆく生の蟻

天牛の鋼を運ぶ蟻の列

存分に夏の水かけ地蔵かな

さるすべり散りてちりぢり水の上

涼しさや空に遊べる蔓の先

一粒の雨にひらくや蓮の花

新扇鳴らして一句また一句

からつぽの頭ののつてじんべかな

退屈を持て余しをり牛蛙

ザリガニのひつくり返すバケツかな

ぼんぼんと叩きて浮輪借りにけり

蠅叩柱のかげにしんと立つ

合宿も終りに近し心太

噴水や誰か手を振る向かう側

噴水のけふは物憂き白さかな

噴水の水も疲るることあらん
ハンモックぱらぱら落つる花は何

ロボットの大蜘蛛あるく暑さかな

三伏や焼いてだしとる鱧の骨

肝吸に肝ゆらゆらと夜の秋

さびしさの乳房ゆらして髪洗ふ

風呂の栓ぬけば渦巻く夜の秋

二度鳴つて切れし電話や夜の秋

そして秋

そして秋きてゐる砂の白さかな

弾けんとして桔梗の莟あり

わが軒の雀の声も涼新た

新涼のしつぽくるりと犬眠る

箱の桃二つ三つは葉をつけて
白桃やうたた寝をしてゐるごとく

足挿せばいななくごとし茄子の馬

精霊とんぼ水なつかしみ水の上

つくつくしはるかかなかななほはるか

ひん曲がる一枚もあり秋簾

稲光般若の吾を照らしけり

へうたんとへちまの仲の二人かな

風呂吹の千人分の大根蒔く
拾うては捨つる何の実さやけしや

木犀の匂ひのはじめはるかなり

香あせて金木犀の花ざかり

いろいろのぶだう一色づつ試食
ひと刷けのくもりうるはし黒葡萄

横たはる裸の女マスカット
この里に秘仏の眠る月夜かな

うつくしき蜘蛛の巣ひとつ月の前

ききちちの骸さみどり月の下

お囃子は遠きがよけれ月も出て

あたらしき竹挿してあり下り簗

うつくしく落ちゆくものを秋といふ

旅なれば朝の散歩や草の露

実となりていよよ恐ろしまむし草

葛の葉の裏は轟々水走る

釣舟草まこと小さき舟であり

角生えし元三大師露けしや

露の世や蜘蛛の巣におく露もまた

席ひとつ空けて露けき句会かな

大文字の消炭ひとつもらひけり

秋風や名残の髑髏を火にかざし

蟷螂の取り逃がしたる一句かな

弁当にヤクルト一本秋高し

山霧や靴紐を結ふ手元まで

豪勢にずるずるやらんとろろ汁

ひと箱の秋刀魚と氷ひかりあふ
やすやすと指で割かるる鰯かな

泥芋のやうな御仁でありしかな

絵唐津のすずめ遊べる夜長かな

松茸にあらねど松の茸かな

馥郁と肉感的な菌あり

朝露や犬励ましてゆく散歩

手ぶらぶら足ぶらぶらぶらや亀の秋

打ちとけぬこともよろしや菊膾

新蕎麦や崖の上なる立石寺

谷底の紅葉明かりを水流る

団栗やどこへ一日乗車券

団栗やたれかの捨てし杖ひろひ

団栗のいつまでもある机かな

信心のからくれなゐの甘藷かな

去来忌の日和に笠を干してあり

夜ごとぶつぶつどぶろくの一升瓶
坂道をころがるやうにゆく秋ぞ

水出しの

水出しの煮干きらきら今朝の冬

小春日に眠る翡翠の湾ふたつ

箕に干してみかんの皮も小春かな

朴落葉踏んですなはちこなごなに

東京のこんなところに干菜かな

百花園大きな冬の日向かな

初時雨花屋の軒を借りにけり

ひとすぢは銀の華やぎ木の葉髪

金魚の墓小鳥の墓や霜柱

一羽かと思へば三羽かいつむり

朝練のほほ薔薇色や初氷

松ぼくり焼べておどろく焚火かな

何やらが爆ぜてどよめく焚火かな

掃き寄せて篝焦がしぬ落葉焚

風邪の神マトリョーシカのごとく立つ

水槽の水一トンの寒さかな

俎板に畏まりゐる海鼠かな

キューピーのやうな小蕪を洗ひけり

煮凝や呉須の山河にしづもれる

触れ合へば氷のとけてゆくごとく

焼藷にけふの孤独をなぐさめん

ストーブに手をかざしゐて一人かな

犬の仔の父は猪犬冬の山

満天の星と眠るや狩の犬

稜線の動くは熊の母子らし

炭ついで炭の言葉を聴く夜かな

トロ箱に鮟鱇一匹いや二匹

平らげてから明さるる狸汁

切干はぬくとき色となりにけり

買うてきし乾鮭のなほ乾びゆく

乾鮭もいぶりがつこもよき色に
きりたんぽ肌をなめゆく炎かな

きりたんぽ焦げ過ぎたるも鍋の出汁

炉話にくべし根深の香り立つ

一枚のごとくに紙を漉く
鷹一つ空に吸はれてあと知らず

裸木や空手の型を一心に

ラグビーのスクラム動く湯気動く

寒鯉の見るからに泥抜けしかほ

首かしげまたふくらんで雀かな

この世へとただようてきし浮寝鳥

また覚めて夢の切れ端浮寝鳥

白鳥や白々と夜を埋めたる
白鳥眠る雪となり花となり

夢に降りかつ眼前に降る雪よ
西脇のあをき世界に雪籠

ほれぼれとする寒晴の一樹あり

煤払ひ一番星の光り出づ

ひとつづつ店の灯消えて行く年ぞ

呼びにきて

呼びにきて君も入りぬ初鏡

髪結うておかめの我や花の春

初夢のまばゆきに覚め真暗がり
伊勢海老の嘆きも煮ゆる湯の中へ

嫁が君住むに難儀な家ばかり

へんな名のへんな形のちよろぎかな

雑煮椀平らげてまた床の中
東京の空気からからから裏白も

福笑床暖房に広げたる

初泣の顔をのぞけばもつと泣く

花のいろあはきをつまみ切山椒

三寒も四温も君と過ごしたし

しろがねの木の芽を旅のはじめかな

さんざめく芽吹の山に入りけり

送別の雨上がりたる木の芽かな

岩おこし独りの音の冴返る

闇の世に親を呼ぶ声冴返る

酷き世を映して鏡冴返る

白魚椀この世の白といふあはれ

雪のしらを氷のしらを汲みにけり

和三盆あたかも春の白き雪
みどりの葉まじれる春の雪を掻く

せきれいの叩きしところ草萌ゆる

雨のつぶ莟のつぶや梅の枝

毛氈の緋も色褪せし梅見かな

いぬふぐりランチひろぐるには寒く

すかんぽをぐいと差し出し噛めといふ
袴むきて心もとなき土筆かな

くろぐろとたにしが十粒鍋の中

田楽や句会の後の酒少し

飯蛸のはちきれさうな頭かな

頰刺やかなしきまでに硬直す

蛤の眠れる水の朧かな

節電や春の灯をひとつだけ

はくれんの立ち去り難き白さかな

すり硝子赤く揺るるは椿かな

からだごと椿にあづけ花吸は

初諸子けふは飴山實の忌

やがて咲く花の白さよ飴山忌

一棹で

一棹で春の霞のただ中へ
朝桜五郎兵衛茶屋のあたりまで

朝七分夜満開のさくらかな

きのふけふ花に追ひつく日和かな

花の雨さしみこんにやくふるふると

花冷やちよこ一杯の八咫烏

白々と花の冷えゆく一夜かな

花の風呂石長比売も入りませ

花人のこぞるや花の大広間

吉野建揺るがせて花ふぶきけり

うぐひすや掌に乗る如意輪寺

まつ白の葛晒しあり山桜

亀鳴くや効能あまた陀羅尼助

春の雲蕎麦待つてゐる二階かな

物干はリスの通ひ路桃の花

哲学の終りは春の愁ひかな

山吹のかたへの石にひと休み

草の餅百個まるめて手がまつ赤

へつぽこな俳句作らん草の餅

先づ以てこの草餅の大食はん

つぎつぎと鳥来てのぞく巣箱かな

手のひらの春日へ小鳥飛んで来い

手でちぎり春のサラダのできあがる

ひとつだけつきあってよと桜餅

蛙鳴く田んぼの彼方けふの宿

腹這ひになつてのぞけば蝌蚪の国

水といふ水風といふ風光りけり

しとどに濡れて山葵田へ下る径

わが猫も恋の奈落にゐるらしく
けふはまた恋あたらしき猫のかほ

おのろけ豆おとぼけ豆や春炬燵

春眠を虫の羽音の出つ入りつ

やどかりのやど借り替へるはやさかな

海胆の針をさむるつもりなかりけり

引き結ぶ口頼もしや桜鯛

いつの世のすみれ色とや蒸鰈

奴凧まだまだ天へ昇りゆく

藤棚にさつきゐし人もうをらず

芽柳にぶらさがりては囀れる

叶はざる恋を囀る一羽かな

そこここに一輪づつや一輪草

前はるか後ろもはるか遍路かな

からがらの命やしなふ柳かな

腹の虫我を起こすな大朝寝

山の穴熊も朝寝をしてをらん

黒糖のかけらほろほろ春惜しむ

天また地大暴れしてゆく春ぞ
蛙鳴いてそろそろ越は花じまひ

朝寝して何ごともなきあの頃へ

あとがき

『そして秋』は私の初めての句集です。

長谷川櫂先生のご指導を仰ぎ、身に余る句集名と序句をも賜りました。心より御礼申し上げます。

この十二年あまりの句を整理し、句集を編む過程で、あらためて季節のめぐり、命のめぐりに思いを馳せる機会を得ました。すこし切なく、静かな時間でした。

出版の労をお取りいただきました青磁社の永田淳様、装丁の加藤恒彦様、そしてお世話になりました皆さまに、深く感謝申し上げます。

二〇一六年　秋

葛西　美津子

季語索引

あ行

秋【あき】（秋）
うつくしく落ちゆくものを秋といふ 55
手ぶらぶら足ぶらぶらや亀の秋 65
秋風【あきかぜ】（秋）
秋風や名残の鱧を火にかざし 59
秋簾【あきすだれ】（秋）
ひん曲がる一枚もあり秋簾 47
秋高し【あきたかし】（秋）
弁当にヤクルト一本秋高し 60
明易【あけやす】（夏）
寝に帰るかはほり一つ明易き 20
朝寝【あさね】（春）
朝寝して何ごともなきあの頃へ 147
腹の虫我を起こすな大朝寝 144
山の穴熊も朝寝をしてをらん 145
汗【あせ】（夏）
汗の子を丸ごと洗ふ盥かな 27
暑し【あつし】（夏）
ロボットの大蜘蛛あるく暑さかな 38
穴子【あなご】（夏）
穴子煮る青山椒をひとつかみ 24
二階より海を眺めん穴子飯 25
焼穴子ざくざく切つて飯の上 24
飴山忌【あめやまき】（春）
初諸子けふは飴山實の忌 119
やがて咲く花の白さよ飴山忌 120
水馬【あめんぼ】（夏）
水の輪と遊んでをりぬ雨ん坊 28
鮎【あゆ】（夏）
鮎食うて明日はさらに山の奥 15
蟻【あり】（夏）
天牛の鋼を運ぶ蟻の列 30

死の蟻を引きずつてゆく生の蟻　29
鮟鱇【あんこう】（冬）
トロ箱に鮟鱇一匹いや二匹　86
飯蛸【いいだこ】（春）
飯蛸のはちきれさうな頭かな　116
伊勢海老【いせえび】（新年）
伊勢海老の嘆きも煮ゆる湯の中へ　102
一輪草【いちりんそう】（春）
そこここに一輪づつや一輪草　143
稲妻【いなずま】（秋）
稲光般若の吾を照らしけり　48
犬ふぐり【いぬふぐり】（春）
いぬふぐりランチひろぐるには寒く　113
芋【いも】（秋）
泥芋のやうな御仁でありしかな　63
鰯【いわし】（秋）
やすやすと指で割かるる鰯かな　62
鶯【うぐいす】（春）
うぐひすや掌に乗る如意輪寺　128
牛蛙【うしがえる】（夏）
退屈を持て余しをり牛蛙　33
雲丹【うに】（春）
海胆の針をさむるつもりなかりけり　139
卯の花【うのはな】（夏）
父母の写真が故郷花うつぎ　19
梅【うめ】（春）
雨のつぶ莟のつぶや梅の枝　112
梅見【うめみ】（春）
毛氈の緋も色褪せし梅見かな　113
扇【おおぎ】（夏）
新扇鳴らして一句また一句　32
お玉杓子【おたまじゃくし】（春）
腹這ひになつてのぞけば蝌蚪の国　135
落し文【おとしぶみ】（夏）
落し文みづみづしきを拾ひけり　17
途中まで巻いて捨てしか落し文　17

踊子草【おどりこそう】（夏）
踊子草花の輪のまだととのはず 13
朧【おぼろ】（春）
蛤の眠れる水の朧かな 117
泳ぎ【およぎ】（夏）
ぼんぼんと叩きて浮輪借りにけり 34

か行

鳰【かいつぶり】（冬）
一羽かと思へば三羽かいつむり 77
柏餅【かしわもち】（夏）
葉の嵩は食ふも食うたり柏餅 12
霞【かすみ】（春）
一棹で春の霞のただ中へ 123
風邪【かぜ】（冬）
風邪の神マトリョーシカのごとく立つ 80
風薫る【かぜかおる】（夏）
木の花は高きに風はかぐはしく 9
風光る【かぜひかる】（春）
水といふ水風といふ風光りけり 136
蕪【かぶ】（冬）
キューピーのやうな小蕪を洗ひけり 81
蟷螂【かまきり】（秋）
蟷螂の取り逃がしたる一句かな 60
髪洗ふ【かみあらう】（夏）
さびしさの乳房ゆらして髪洗ふ 39
紙漉【かみすき】（冬）
一枚の雪のごとくに紙を漉く 90
亀鳴く【かめなく】（春）
亀鳴くや効能あまた陀羅尼助 129
乾鮭【からざけ】（冬）
乾鮭もいぶりがつこもよき色に 88
買うてきし乾鮭のなほ乾びゆく 87
狩【かり】（冬）
満天の星と眠るや狩の犬 84
軽鳧の子【かるのこ】（夏）

軽鳧の子のとつて返しぬ親のもと　23
枯木【かれき】（冬）
裸木や空手の型を一心に　91
蛙【かわず】（春）
蛙鳴く田んぼの彼方けふの宿　135
寒鯉【かんごい】（冬）
寒鯉の見るからに泥抜けしかほ　92
寒雀【かんすずめ】（冬）
首かしげまたふくらんで雀かな　92
桔梗【ききょう】（秋）
弾けんとして桔梗の莟あり　43
菊膾【きくなます】（秋）
打ちとけぬこともよろしや菊膾　66
茸【きのこ】（秋）
馥郁と肉感的な菌あり　64
松茸にあらねど松の茸かな　64
去来忌【きょらいき】（秋）
去来忌の日和に笠を干してあり　69
霧【きり】（秋）
山霧や靴紐を結ふ手元まで　61
切山椒【きりざんしょう】（新年）
花のいろあはきをつまみ切山椒　106
きりたんぽ【きりたんぽ】（冬）
きりたんぽ焦げ過ぎたるも鍋の出汁　89
きりたんぽ肌をなめゆく炎かな　88
切干【きりぼし】（冬）
切干はぬくとき色となりにけり　87
金魚【きんぎょ】（夏）
さびしさの顔寄せてくる金魚かな　25
草の実【くさのみ】（秋）
実となりていよよ恐ろしまむし草　56
草餅【くさもち】（春）
草の餅百個まるめて手がまつ赤　131
へつぽこな俳句作らん草の餅　132
先づ以てこの草餅の大食はん　132
葛【くず】（秋）

葛の葉の裏は轟々水走る　56
葛桜【くずざくら】（夏）
恋一つ冷やしてありぬ葛ざくら　26
下り簗【くだりやな】（秋）
あたらしき竹挿してあり下り簗　54
熊【くま】（冬）
稜線の動くは熊の母子らし　85
河骨【こうほね】（夏）
河骨の花照らし合ふ闇夜かな　22
氷【こおり】（冬）
触れ合へば氷のとけてゆくごとく　82
木の葉髪【このはがみ】（冬）
ひとすぢは銀の華やぎ木の葉髪　76
木の芽【このめ】（春）
さんざめく芽吹の山に入りけり　107
しろがねの木の芽を旅のはじめかな　107
送別の雨上がりたる木の芽かな　108
小春【こはる】（冬）
小春日に眠る翡翠の湾ふたつ　73
箕に干してみかんの皮も小春かな　74
更衣【ころもがえ】（夏）
更衣いつも会ふ人けさもまた　10

さ行

冴返る【さえかえる】（春）
岩おこし独りの音の冴返る　108
酷き世を映して鏡冴返る　109
闇の世に親を呼ぶ声冴返る　109
囀【さえずり】（春）
叶はざる恋を囀る一羽かな　142
桜【さくら】（春）
朝桜五郎兵衛茶屋のあたりまで　123
朝七分夜満開のさくらかな　124
桜鯛【さくらだい】（春）
引き結ぶ口頼もしや桜鯛　140
桜餅【さくらもち】（春）

ひとつだけつきあつてよと桜餅　134
甘藷【さつまいも】（秋）
信心のからくれなゐの甘藷かな　69
寒し【さむし】（冬）
水槽の水一トンの寒さかな　80
蝲蛄【ざりがに】（夏）
ザリガニのひつくり返すバケツかな　34
百日紅【さるすべり】（夏）
さるすべり散りてちりぢり水の上　31
爽やか【さわやか】（秋）
拾うては捨つる何の実さやけしや　49
三寒四温【さんかんしおん】（冬）
三寒も四温も君と過ごしたし　106
三伏【さんぷく】（夏）
三伏や焼いてだしとる鱧の骨　38
秋刀魚【さんま】（秋）
ひと箱の秋刀魚と氷ひかりあふ　62
歯朶【しだ】（新年）
東京の空気からから裏白も　104
滴り【したたり】（夏）
白き花ひとつ伝ひて滴れる　11
下萌【したもえ】（春）
せきれいの叩きしところ草萌ゆる　112
霜柱【しもばしら】（冬）
金魚の墓小鳥の墓や霜柱　77
芍薬【しゃくやく】（夏）
芍薬のつんつるてんの莟かな　14
春愁【しゅんしゅう】（春）
哲学の終りは春の愁ひかな　130
春灯【しゅんとう】（春）
節電や春の灯をひとつだけ　117
春眠【しゅんみん】（春）
春眠を虫の羽音の出つ入りつ　138
白魚【しらうお】（春）
白魚椀この世の白といふあはれ　110
雪のしらを氷のしらを汲みにけり　110

新蕎麦【しんそば】（秋）
新蕎麦や崖の上なる立石寺　66
新茶【しんちゃ】（夏）
ひと雫あとは静寂の新茶かな　10
甚平【じんべい】（夏）
からつぽの頭ののつてじんべかな　33
新涼【しんりょう】（秋）
新涼のしつぽくるりと犬眠る　44
わが軒の雀の声も涼新た　44
酸葉【すいば】（春）
すかんぽをぐいと差し出し嚙めといふ　114
涼し【すずし】（夏）
涼しさや空に遊べる蔓の先　31
煤払【すすはらい】（冬）
煤払ひ一番星の光り出づ　96
ストーブ【すとーぶ】（冬）
ストーブに手をかざしゐて一人かな　83
巣箱【すばこ】（春）
つぎつぎと鳥来てのぞく巣箱かな　133
炭【すみ】（冬）
炭ついで炭の言葉を聴く夜かな　85
雑煮【ぞうに】（新年）
雑煮椀平らげてまた床の中　104

た行

大根蒔く【だいこんまく】（秋）
風呂吹の千人分の大根蒔く　49
大文字【だいもんじ】（秋）
大文字の消炭ひとつもらひけり　59
鷹【たか】（冬）
鷹一つ空に吸はれてあと知らず　90
焚火【たきび】（冬）
何やらが爆ぜてどよめく焚火かな　79
掃き寄せて篝焦がしぬ落葉焚　79
松ぼくり焼べておどろく焚火かな　78
凧【たこ】（春）

奴凧まだまだ天へ昇りゆく　141
田螺【たにし】（春）
くろぐろとたにしが十粒鍋の中　115
狸汁【たぬきじる】（冬）
平らげてから明さるる狸汁　86
草石蚕【ちょろぎ】（新年）
へんな名のへんな形のちよろぎかな　103
月【つき】（秋）
うつくしき蜘蛛の巣ひとつ月の前　53
お囃子は遠きがよけれ月も出て　54
きちきちの骸さみどり月の下　53
この里に秘仏の眠る月夜かな　52
土筆【つくし】（春）
袴むきて心もとなき土筆かな　114
つくつく法師【つくつくぼうし】（秋）
つくつくしはるかかなかなほはるか　47
椿【つばき】（春）
からだごと椿にあづけ花吸は　119
すり硝子赤く揺るるは椿かな　118
梅雨【つゆ】（夏）
ごみ箱で嘴ぬぐふ梅雨鴉　22
露【つゆ】（秋）
朝露や犬励ましてゆく散歩　65
席ひとつ空けて露けき句会かな　58
旅なれば朝の散歩や草の露　55
角生えし元三大師露けしや　57
露の世や蜘蛛の巣におく露もまた　58
梅雨の月【つゆのつき】（夏）
すつぽんは泥に沈みて梅雨の月　21
釣船草【つりふねそう】（秋）
釣舟草まこと小さき舟であり　57
田楽【でんがく】（春）
田楽や句会の後の酒少し　115
心太【ところてん】（夏）
合宿も終りに近し心太　35
トマト【とまと】（夏）

夕暮にまた捥ぎにくるトマトかな　29
とろろ汁【とろろじる】（秋）
豪勢にずるずるやらんとろろ汁　61
団栗【どんぐり】（秋）
団栗のいつまでもある机かな　68
団栗やたれかの捨てし杖ひろひ　68
団栗やどこへ一日乗車券　67
蜻蛉【とんぼ】（秋）
精霊とんぼ水なつかしみ水の上　46

な行

泣初【なきぞめ】（新年）
初泣の顔をのぞけばもつと泣く　105
茄子の馬【なすのうま】（秋）
足挿せばいななくごとし茄子の馬　46
茄子の花【なすのはな】（夏）
花ひとつつけし茄子苗選びけり　12
夏【なつ】（夏）
存分に夏の水かけ地蔵かな　30
夏茱萸【なつぐみ】（夏）
夏茱萸をつまみいよいよ遠き道　19
夏の蝶【なつのちょう】（夏）
夏の蝶舞ひ戻り来る大樹かな　16
海鼠【なまこ】（冬）
俎板に畏まりゐる海鼠かな　81
煮凝【にこごり】（冬）
煮凝や呉須の山河にしづもれる　82
濁り酒【にごりざけ】（秋）
夜ごとぶつぶつどぶろくの一升瓶　70
葱【ねぎ】（冬）
炉話にくべし根深の香り立つ　89
猫の恋【ねこのこい】（春）
けふはまた恋あたらしき猫のかほ　137
わが猫も恋の奈落にゐるらしく　137

は行

蠅叩【はえたたき】（夏）
蠅叩柱のかげにしんと立つ　35
白鳥【はくちょう】（冬）
白鳥眠る雪となり花となり　94
白鳥や白々と夜を埋めたる　94
白木蓮【はくもくれん】（春）
はくれんの立ち去り難き白さかな　118
蓮の花【はすのはな】（夏）
一粒の雨にひらくや蓮の花　32
初鏡【はつかがみ】（新年）
呼びにきて君も入りぬ初鏡　101
初氷【はつごおり】（冬）
朝練のほほ薔薇色や初氷　78
初時雨【はつしぐれ】（冬）
初時雨花屋の軒を借りにけり　76
初春【はつはる】（新年）
髪結うておかめの我や花の春　101
初夢【はつゆめ】（新年）
初夢のまばゆきに覚め真暗がり　102
花【はな】（春）
きのふけふ花に追ひつく日和かな　124
花の風呂石長比売も入りませ　126
花の雨【はなのあめ】（春）
花の雨さしみこんにやくふるふると　125
花冷え【はなびえ】（春）
白々と花の冷えゆく一夜かな　126
花冷やちよこ一杯の八咫烏　125
花見【はなみ】（春）
花人のこぞるや花の大広間　127
春【はる】（春）
手でちぎり春のサラダのできあがる　134
春惜しむ【はるおしむ】（春）
黒糖のかけらほろほろ春惜しむ　145
春炬燵【はるごたつ】（春）
おのろけ豆おとぼけ豆や春炬燵　138
春の雲【はるのくも】（春）

春の雲蕎麦待つてゐる二階かな　129
春の日【はるのひ】（春）
手のひらの春日へ小鳥飛んで来い　133
春の雪【はるのゆき】（春）
みどりの葉まじれる春の雪を掻く　111
和三盆あたかも春の白き雪　111
ハンモック【はんもっく】（夏）
ハンモックぱらぱら落つる花は何　37
万緑【ばんりょく】（夏）
万緑を切り出したる硯かな　27
雛罌粟【ひなげし】（夏）
ひなげしやひとつが歌ひ出せば皆　11
蕗【ふき】（夏）
煮さまして蕗の翡翠のしづかかな　14
瓢【ふくべ】（秋）
へうたんとへちまの仲の二人かな　48
袋掛【ふくろかけ】（夏）
太りゆく実の透けてをり袋掛　28
袋角【ふくろづの】（夏）
眼また赤き血潮や袋角　16
福笑【ふくわらい】（新年）
福笑床暖房に広げたる　105
藤【ふじ】（春）
藤棚にさつきゐし人もうをらず　141
葡萄【ぶどう】（秋）
いろいろのぶだう一色づつ試食　51
ひと刷けのくもりうるはし黒葡萄　51
横たはる裸の女マスカット　52
冬籠【ふゆごもり】（冬）
西脇のあをき世界に雪籠　95
冬の日【ふゆのひ】（冬）
百花園大きな冬の日向かな　75
冬の山【ふゆのやま】（冬）
犬の仔の父は猪犬冬の山　84
冬晴【ふゆばれ】（冬）
ほれぼれとする寒晴の一樹あり　96

噴水【ふんすい】（夏）
噴水のけふは物憂き白さかな 36
噴水の水も疲るることあらん 37
噴水や誰か手を振る向かう側 36
蛇【へび】（夏）
先客の青大将と五合庵 21
遍路【へんろ】（春）
前はるか後ろもはるか遍路かな 143
朴落葉【ほおおちば】（冬）
朴落葉踏んですなはちこなごなに 74
干菜【ほしな】（冬）
東京のこんなところに干菜かな 75
牡丹【ぼたん】（夏）
牡丹や揺れてゆゆしき花の数 13

ま行

豆飯【まめめし】（夏）
いつの日か田舎暮らしや豆の飯 18
短夜【みじかよ】（夏）
短夜やまるめし反古の紙ひらく 20
水鳥【みずとり】（冬）
この世へとただようてきし浮寝鳥 93
また覚めて夢の切れ端浮寝鳥 93
水虫【みずむし】（夏）
水虫やすこし愛して愛されて 26
溝浚へ【みぞさらえ】（夏）
溝浚へ溝に梯子の降ろさるる 18
蒸鰈【むしがれい】（春）
いつの世のすみれ色とや蒸鰈 140
目刺【めざし】（春）
頰刺やかなしきまでに硬直す 116
木犀【もくせい】（秋）
香あせて金木犀の花ざかり 50
木犀の匂ひのはじめはるかなり 50
紅葉【もみじ】（秋）
谷底の紅葉明かりを水流る 67

桃【もも】（秋）
白桃やうたた寝をしてゐるごとく　45
箱の桃二つ三つは葉をつけて　45
桃の花【もものはな】（春）
物干はリスの通ひ路桃の花　130

や行

焼藷【やきいも】（冬）
焼藷にけふの孤独をなぐさめん　83
寄居虫【やどかり】（春）
やどかりのやど借り替へるはやさかな　139
柳【やなぎ】（春）
からがらの命やしなふ柳かな　144
柳の芽【やなぎのめ】（春）
芽柳にぶらさがりては囀れる　142
山桜【やまざくら】（春）
まつ白の葛晒しあり山桜　128
山吹【やまぶき】（春）
山吹のかたへの石にひと休み　131
雪【ゆき】（冬）
夢に降りかつ眼前に降る雪よ　95
行く秋【ゆくあき】（秋）
坂道をころがるやうにゆく秋ぞ　70
行く年【ゆくとし】（冬）
ひとつづつ店の灯消えて行く年ぞ　97
行く春【ゆくはる】（春）
天また地大暴れしてゆく春ぞ　146
百合【ゆり】（夏）
鉄砲百合開かんとするたたずまひ　15
夜長【よなが】（秋）
絵唐津のすずめ遊べる夜長かな　63
嫁が君【よめがきみ】（新年）
嫁が君住むに難儀な家ばかり　103
夜の秋【よるのあき】（夏）
肝吸に肝ゆらゆらと夜の秋　39
二度鳴つて切れし電話や夜の秋　40

風呂の栓ぬけば渦巻く夜の秋 40

ら行

ラグビー【らぐびー】（冬）
ラグビーのスクラム動く湯気動く 91
落花【らっか】（春）
蛙鳴いてそろそろ越は花じまひ 146
吉野建揺るがせて花ふぶきけり 127
立秋【りっしゅう】（秋）
そして秋きてゐる砂の白さかな 43
立冬【りっとう】（冬）
水出しの煮干きらきら今朝の冬 73

わ行

若竹【わかたけ】（夏）
皮脱ぎて月に濡れたり今年竹 23
若葉【わかば】（夏）
やはらかに吹かれゐるものみな若葉 9
山葵【わさび】（春）
しとどに濡れて山葵田へ下る径 136

初句索引

あ

秋風や　59
朝桜　123
朝七分　124
朝露や　65
朝寝して　147
朝練の　78
足挿せば　46
汗の子を　27
あたらしき　54
穴子煮る　24
雨のつぶ　112
鮎食うて　15

い

飯蛸の　116
伊勢海老の　102
一枚の　90
一羽かと　77
いつの日か　18
いつの世の　140
稲光　48
犬の仔の　84
いぬふぐり　113
いろいろの　51
岩おこし　108

う

うぐひすや　128
打ちとけぬ　66
うつくしき　53
うつくしく　55
海胆の針　139

え

絵唐津の　63

お

落し文　17
踊子草　13
おのろけ豆　138
お囃子は　54

か

香あせて　50
風邪の神　80
合宿も　35
叶はざる　142
天牛の　30
髪結うて　101
亀鳴くや　129
からがらの　144
乾鮭も　88
からだごと　119
からつぽの　33
軽鳧の子の　23
蛙鳴いて　146
蛙鳴く　135
皮脱ぎて　23
寒鯉の　92

き

きちきちの　53
きのふけふ　124
木の花は　9
肝吸に　39
キューピーの　81
けふはまた　137
去来忌の　69
きりたんぽ
　焦げ過ぎたるも　89
　肌をなめゆく　88
切干は　87
金魚の墓　77

く

草の餅　131
葛の葉の　56
首かしげ　92
くろぐろと　115

こ

恋一つ　26
豪勢に　61
買うてきし　87
河骨の　22
黒糖の　145
この里に　52

この世へと 93
小春日に 73
ごみ箱で 22
更衣 10

さ

坂道を 70
さびしさの
　顔寄せてくる 25
　乳房ゆらして 39
ザリガニの 34
さるすべり 31
三寒も 106
さんざめく 107
三伏や 38

し

しとどに 136
死の蟻を 29
芍薬の 14
春眠を 138
精霊とんぼ 46
白魚椀 110
白々と 126
しろがねの 107
白き花 11
新扇 32
信心の 69
新蕎麦や 66
新涼の 44

す

水槽の 80
すかんぽを 114
涼しさや 31
煤払ひ 96
すつぽんは 21
ストーブに 83
炭ついで 85
すり硝子 118

せ

席ひとつ 58
せきれいの 112
節電や 117
先客の 21

そ

雑煮椀 104
送別の 108
そこここに 143
そして秋 43
存分に 30

た

退屈を 33
大文字の 59
平らげて 86
鷹一つ 90
谷底の 67
旅なれば 55

ち

父母の 19

つ

つぎつぎと 133
つくつくし 47
角生えし 57
露の世や 58
釣舟草 57

て

哲学の 130
鉄砲百合 15
手でちぎり 134
手のひらの 133
手ぶらぶら 65
田楽や 115
天また地 146

と

東京の
　空気からから 104
　こんなところに 75
蟷螂の 60
途中まで 17
泥芋の 63
トロ箱に 86
団栗の 68
団栗や
　たれかの捨てし 68
　どこへ一日 67

な

夏茱萸を　19
夏の蝶　16
何やらが　79

に

二階より　25
煮凝や　82
煮さまして　14
西脇の　95
二度鳴つて　40

ね

寝に帰る　20

は

蝿叩　35
袴むきて　114
掃き寄せて　79
白鳥　94
白鳥や　94
白桃や　45
はくれんの　118
箱の桃　45
弾けんと　43
裸木や　91
初時雨　76
初泣の　105
初諸子　119
初夢の　102
花の雨　125
花のいろ　106
花の風呂　126
花冷や　125
花ひとつ　12
花人の　127
葉の嵩は　12
蛤の　117
腹の虫　144
腹這ひに　135
春の雲　129
ハンモック　37
万緑を　27

ひ

引き結ぶ　140
一棹で　123
ひと雫　10
ひとすぢは　76
ひとつづつ　97
ひとつだけ　134
一粒の　32
ひと刷けの　51
ひと箱の　62
ひなげしや　11
百花園　75
へうたんと　48
拾うては　49
ひん曲がる　47

ふ

馥郁と　64
福笑　105
藤棚に　141
太りゆく　28
触れ合へば　82
風呂の栓　40
風呂吹の　49
噴水の
　けふは物憂き　36
　水も疲るる　37
噴水や　36

へ

へつぽこな　132
弁当に　60
へんな名の　103

ほ

牡丹や　13
朴落葉　74
頬刺や　116
ほれぼれと　96
ぼんぼんと　34

ま

前はるか　143
先づ以て　132
また覚めて　93
まつ白の　128
松茸に　64
松ぼくり　78
俎板に　81
眼また　16
満天の　84

み

短夜や　20
水出しの　73
水といふ水　136
水の輪と　28
水虫や　26
溝渫へ　18
実となりて　56
みどりの葉　111
箕に干して　74

む

酷き世を　109

め

芽柳に　142

も

毛氈の　113
木犀の　50
物干は　130

や

やがて咲く　120
焼穴子　24
焼藷に　83
やすやすと　62
奴凧　141
やどかりの　139
山霧や　61
山の穴　145
山吹の　131
闇の世に　109
やはらかに　9

ゆ

夕暮に　29
雪のしらを　110
夢に降り　95

よ

横たはる　52
夜ごとぶつぶつ　70
吉野建　127
呼びにきて　101
嫁が君　103

ら

ラグビーの　91

り

稜線の　85

ろ

炉話に　89
ロボットの　38

わ

わが猫も　137
わが軒の　44
和三盆　111

著者

葛西　美津子（かさい　みつこ）

1956 年　東京生まれ
2003 年　「古志」入会

現住所
〒 166-0013　東京都杉並区堀ノ内 3-52-23-502

句集　そして秋

古志叢書第四十七篇

初版発行日　二〇一六年九月一〇日
著　者　葛西美津子
定　価　二二〇〇円
発行者　永田　淳
発行所　青磁社
京都市北区上賀茂豊田町四〇―一（〒六〇三―八〇四五）
電話　〇七五―七〇五―二八三八
振替　〇〇九四〇―二―一二四二二四
http://www3.osk.3web.ne.jp/~seijisya/
装　幀　加藤恒彦
印刷・製本　創栄図書印刷

ISBN978-4-86198-359-7 C0092 ¥2200E